Abbé Ludovic BRIAULT

UNE RÉVOLTE D'ENFANTS

TOLRA - éditeur - Paris.

UNE RÉVOLTE D'ENFANTS

Abbé Ludovic BRIAULT

TOLRA - ÉDITEUR - PARIS.

UNE RÉVOLTE D'ENFANTS

N matin, le bruit se répandit dans la commune de X... que l'instituteur, grand partisan des doctrines nouvelles inaugurées par Jules Ferry, Paul Bert et consorts, venait d'enlever le crucifix de l'école et de le reléguer au grenier avec les vieilles friperies de sa maison.

Cette nouvelle jeta la consternation dans tous les cœurs.

La population de X... sans être une population modèle au point de vue religieux, tient néanmoins à sa foi et à l'éducation chrétienne donnée aux enfants. Aussi, avait-elle déjà murmuré quand l'enseignement de l'Histoire Sainte et du Catéchisme avait été officiellement banni du programme scolaire. Mais sachant que M. le curé avait promis d'employer tout son zèle, afin d'atténuer autant que possible les conséquences de cette mesure odieuse, elle n'avait pas manifesté autrement son mécontentement.

L'acte impie de l'instituteur faisant
disparaître de l'école le signe sacré de
notre rédemption, afin d'enlever du cœur
des enfants jusqu'à la pensée même de
Dieu, l'exaspéra, et ce fut par une explo-
sion de colère et d'indignation qu'elle y
répondit.

Cette légitime indignation des parents,
se traduisant par une sévère appréciation
de la conduite de l'instituteur, et même
du maire qui, par lâcheté et pour ne pas
nuire à sa popularité auprès des quelques
mauvais drôles de la commune, avait laissé
s'accomplir cet acte d'impiété et de haine
qu'il était si facile d'empêcher, eut-elle

pour résultat de surexciter les enfants eux-mêmes indisposer contre leur
Nul ne le pourrait jours est-il que le
matin, en ren tout ce petit moins cal et de les maître?
dire. Tou- lendemain trant en classe, peuple avait l'air
me et moins paci-fique que d'habi-

L'instituteur venait d'enlever le crucifix (page 7).

Tout ce petit peuple avait l'air moins calme (page 10).

tude. L'instituteur n'eut pas besoin de chercher longtemps la cause de cette sorte d'effervescence qu'il remarquait, pour la première fois, parmi ses élèves. Leurs regards anxieusement fixés sur l'endroit de la muraille où était suspendu naguère le grand crucifix de plâtre, maintenant disparu, lui disaient assez que l'acte de sectaire, qu'il avait accompli la veille, était loin d'avoir leur approbation. Mais en homme sûr de lui-même et confiant dans ses chefs dont il connaissait les idées, l'odieux personnage ne se préoccupa pas davantage de ce que pouvaient penser les quelques petits paysans qu'il avait charge d'instruire. Il était le maître dans sa classe, et ses actes ne relevaient que de ses supérieurs qui seuls avaient le droit de louer ou de blâmer sa

M. le Curé avait promis d'employer tout son zèle (page 8).

conduite. Or, dans le cas actuel, il était bien certain d'avoir été au-devant de leurs désirs et de s'être ménagé pour l'avenir des droits à leur faveur. Ce fut donc avec une sorte de pitié ironique que, s'adressant à ses écoliers, il leur tint ce discours :

« Mes enfants, à partir d'aujourd'hui, afin de nous conformer au nouveau programme approuvé par le ministre de l'instruction publique, la prière est supprimée dans l'école. Désormais nous ne nous occuperons ici que de ce qui peut augmenter les connaissances de votre esprit et développer votre intelligence. Tout le reste

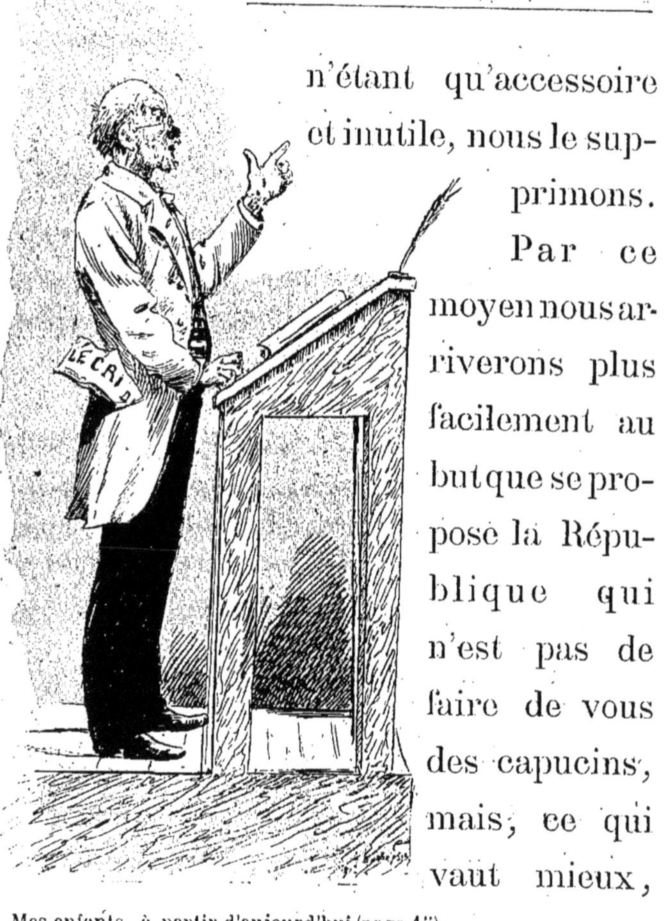

n'étant qu'accessoire et inutile, nous le sup- primons.

Par ce moyen nous ar- riverons plus facilement au but que se pro- pose la Répu- blique qui n'est pas de faire de vous des capucins, mais, ce qui vaut mieux,

Mes enfants, à partir d'aujourd'hui (page 15).

Les braves enfants se mirent à genoux (page 19).

des savants et des patriotes. Asseyez-vous chacun à vos places, et au lieu de perdre votre temps à marmotter des prières auxquelles vous ne comprenez rien, mettez-vous de suite au travail. »

Ayant prononcé ces paroles qui lui semblaient d'une éloquence entraînante, l'instituteur s'attendait à voir tous ses écoliers acclamer avec joie le nouveau règlement et s'y conformer sur-le-champ. Quels ne furent pas sa surprise et son dépit, quand il vit les braves enfants, au lieu de s'asseoir à leur place, se mettre à genoux sur les bancs, comme ils avaient l'habitude de le faire chaque jour avant la classe.

— Tas de nigauds ! cria-t-il avec colère, ne m'avez-vous pas compris ? Je viens de vous dire qu'il n'y avait plus de prière : Pourquoi vous mettez-vous à genoux ?

Sans tenir compte de cette nouvelle observation, les chers petits, comme à un signal donné, firent tous ensemble le signe de la croix.

Le pédagogue croyait rêver. Jamais ses élèves n'avaient même essayé de lui désobéir, et voilà qu'aujourd'hui, tous, sans exception, avaient l'air de lui résister.

— Ah ! ça, mais, vous me bravez, je crois ! hurla-t-il avec une rage mal contenue. Le dernier qui restera à genoux sera puni d'une façon qu'il n'oubliera pas de sitôt.

Malgré cette menace, pas un élève ne bougea, mais on entendit une petite voix douce et ferme tout à la fois commencer la prière accoutumée : *Notre père, qui êtes aux cieux...* L'instituteur furieux s'élançait déjà vers l'audacieux qui osait ainsi le braver en face, quand tous les élèves reprirent en chœur : *que votre nom soit sanctifié, que votre règne arrive,* et tous ensemble, tranquillement, sans s'arrêter, poursuivirent jusqu'à la fin l'oraison dominicale.

Le malheureux maître d'école était
atterré. Il se sentait atteint dans son auto-
rité et blessé dans son orgueil. Les lèvres
pâles, les yeux
injectés de sang,
les membres pris
d'un tremblement
convulsif, il était
sous le coup d'une
émotion terrible
et d'autant plus
difficile à surmon-
ter qu'il se sentait
impuissant à do-
miner ce bour-

Notre père qui êtes aux cieux

Tas de nigauds ! cria-t-il avec colère (page 20).

donnement intense de quatre-vingt voix d'enfants affirmant hautement devant Dieu, en dépit de leur maître irrité, leur amour et leur foi.

Quand le *Pater* fut terminé, le misérable lança un blasphème épouvantable, pensant par là terrifier les courageux enfants, obtenir le silence et leur faire entendre de nouvelles menaces.

Il en fut pour sa peine. La même petite voix donna une seconde fois le signal en disant : *Je vous salue, Marie, pleine de grâces...*

En vain le maître lança un nouveau blasphème et manifesta sa fureur par un

Le malheureux était atterré (page 22).

effroyable coup de poing sur son bureau, les enfants ne se laissèrent pas intimider. *Le Seigneur est avec vous, vous êtes bénie entre toutes les femmes*, reprirent-ils tous ensemble, accentuant les mots avec plus d'énergie, comme

pour donner plus de force à leur mani-
festation, et ne s'arrêtant pas que la
prière fût terminée, selon l'habitude, par
un grand signe de croix.

Après quoi, tranquillement, en silence,
les braves enfants s'assirent à leur place,
pendant que le maître, hébété par cette
résistance à laquelle il ne s'attendait pas,
se contenta de dire : — Je vois ce qu'il
en est ; c'est une entente, un coup
monté contre moi. Je saurai quel en est
l'auteur. Malheur au coupable s'il est
parmi vous !

Le coupable était là en effet, mais il
n'avait rien à craindre de la vengeance du

pédagogue, car
au lieu de s'ap-
peler Pierre
ou Paul il se
nommait

Le malheureux lança un blasphème épouvantable (page 25).

Malheur au coupable s'il est parmi vous (page 27).

légion, et à ce titre il défiait tout châtiment, tous les élèves ayant trempé dans le complot qu'ils venait d'exécuter si courageusement.

Le lendemain, il n'était bruit dans

Il n'était bruit que de la pieuse révolte.

toute la contrée que de la pieuse révolte des écoliers de la commune de X... et de la noble résistance opposée par eux aux ordres impies de leur maître, et pas une voix ne s'éleva, parmi les honnêtes gens, pour blâmer leur conduite et donner raison à l'instituteur.

Huit jours durant, la même lutte se renouvela, à la honte et à la confusion de celui-ci, impuissant à faire commettre aux enfants confiés à ses soins l'acte de lâcheté qu'il voulait leur imposer.

Soutenus et applaudis par leurs parents, les braves écoliers persévérèrent invinciblement dans leur pieuse révolte, donnant ainsi à plus d'un chrétien de nos jours l'exemple du courage et de la fidélité dans la pratique du devoir religieux.

N'osant mettre ses menaces à exécution, dans la crainte de ne conserver aucun élève dans sa classe, le malheureux maître d'école, après avoir informé ses chefs de ce qui se passait, et en avoir reçu l'ordre de ne pas aller trop ouvertement contre les idées de la population, se vit contraint de se soumettre et d'assister, malgré lui, chaque jour, à cette prière qu'il aurait si bien voulu interdire.

A l'odieux, il fut ainsi obligé d'ajouter

le ridicule, ce qui fut pour lui le plus dur des châtiments.

Si donc, dans la commune de X..., en dépit d'un instituteur foncièrement irréli-

Soutenus par leur parents (page 32).

gieux et d'un maire lâchement indifférent, Dieu n'est pas encore chassé de l'école, c'est grâce à l'énergie des parents et au courage admirable des enfants qui surent revendiquer hautement leurs droits de parents et d'enfants chrétiens. D'où l'on peut conclure que si la résistance aux nouvelles lois scolaires eût été tant soit peu organisée par ceux auxquels incombait ce devoir, si une direction eût été donnée dès le principe au mouvement populaire qui se prononça manifestement contre ces innovations hypocrites et impies, l'application de ces lois néfastes, qui sont une honte pour une nation civilisée, fût devenue à peu près impossible, et la France n'aurait pas à gémir aujourd'hui sur la façon lamentable dont les nouvelles générations sont élevées dans les écoles publiques.

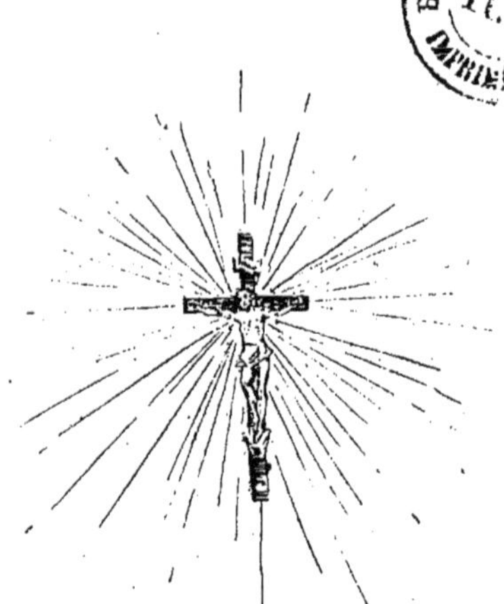

ALBUMS EN COULEURS

DE LA MÊME COLLECTION

LA PREMIÈRE COMMUNION
UNE CORRECTION MÉRITÉE
LES PETITS SABOTS
UN ENFANT HÉROÏQUE
LA COMPOSITION

PARIS — IMPRIMERIE Vve ALBOUY, 75, AVENUE D'ITALIE

9 782019 911942